尚円王は松金《まちがに》
妻はカマル

やまのは　としこ

ボーダーインク

目次

三体の石　8
インチキヤードゥイ　10
伊是名島の旅　15
尚円金丸像　18
棚田　20
カマルという名前　22
一本の命綱　24
上陸　29
与論島のオジサン　32
岩家　35
青田の満月　37
女三人寄れば　40
宜名真から　42
松金はゆく　45
辺士名にて　48
奥間カンジャー（鍛冶屋）　51
赤丸崎　54
金丸　58
与那覇岳へ　61
逢瀬の宿　64
水甕と女性　68
金丸井戸《がー》　71
汀間《ていーま》を発つ前夜　74
カマルの叫び　76
松金が来る夢　80
透視の眼　82

そのとき妻は　84
砂に籠る　89
孤独とは　92
縁談　94
怪しい影　97
戻りたい　99
口噛み酒　104
ジュゴンとの戯れ　107
宜名真にて聖なる孤独　112
一里塚　115
吾は行く　117
さぁ行くのだよ　121
行商人のカマル　124

ガジュマルの木の下で　129
越来《ごえく》グスク　131
雲上の太陽　134
独りあゆむ　137
運玉森の麓　141
光と闇　145
尚宣威　149
想い出の中　152
いざなカマルの残像　154
蘇る　159
吾が人生の道しるべ　162

あとがき　167

尚円王は松金《まちがに》　妻はカマル

三体の石

宜名真御殿には
三体の石が鎮座する
石に宿っている三人の残魂《のこん》
吾が胸に聴こえる三人のこゑ

家族で囲炉裏灯を囲んでいる
それは　松金（後の尚円王）と
妻のカマル　それに
松金の弟（後の尚宣威）である

離れ　伊是名島から
クリ舟で渡海を果たして移り住んだ
伊是名島の家族で　今に伝わる
古びとの風格漂う三体の石

インチキ　ヤードゥイ

聞いたこともない　行ったこともない
インチキ　ヤードゥイとは
初めて聞く言葉である
何も知らないまま好奇心だけを膨らませて
私の中にあるインチキはごまかすである
面白そうなその言葉に魅かれ
狂言的な宿を想像し
勘違いを胸にワクワク登山である

与那覇岳の頂上に立っても樹木が生い茂り

天空を仰ぎ見るだけ　この斜面を西側に下りる
インチキの意味も知らないまま
私は一行の後ろを歩いている
植物の絡みあう道なき道を
山内師が先頭を歩いて案内する
滑らないように　枝から枝の伝い歩きである
戦争中の山の中を歩き回った
五歳の記憶が蘇って来る
足の指に魂を集中させろ
明治生まれの祖父の声を思い出す

踏みしめながら歩いていると
山内師がここだと言う

与那覇岳から約７００メートル下の岩場だった
一行６人がやっと立って居られる
立ったままで山内師の説明を聞く
ここに犬を繋いで仮宿にした
犬繋ぎ宿（インチキ　ヤードゥイ）である
目からウロコの学び　知る歓びに満たされた

金丸（後の尚円王）が山越えをした時の
足がかりにした宿だったのだ
約５７０年前の金丸の足跡に　私は佇んでいる
何とも不思議な気持ちで辺りを見回すと
苔むした岩場の端にコップ酒の跡がある
プラスチック製のコップを並べて拝む姿が

見えるようだ　今でも拝みに来る血の繋がり
人間の血筋は幾千年も引き継がれ行くもんだ
途切れることのない流れる川のように

ここを下りて行くと
奥間集落があると言う
歴史上のあの有名な奥間カンジャー（鍛冶屋）の
血縁の流れだろうか
それとも金丸の末裔なのだろうかと
私は二つのコップから想い巡らせている
木下闇に咲く聖なる花は知ってるだろうよ
木漏れ日の踊る姿は　躍動に満ちていて
苔むす緑の岩肌には　神々が宿り

この静けさの中に棲んでいる翠の精たち

＊沖縄民間伝承研究会主宰の山内博寧《ひろやす》師が率いる一行に加わった。

伊是名島の旅

尚円王（北《にし》の松金）の田んぼを見に出かけます
水泥棒の汚名をはらすためにもね
働き者の松金は山を買って開墾をすると
水源に当たり　棚田を作った
その棚田を前にして
案内するガイドの説明を聞く

長い旱《かんばつ》が続き下の田んぼまで水は届かない
松金の田んぼだけが青々とした
棚田を見るや否や　怒りをあらわにして

ムラの青年たちが文句を言って来た　ならばと
田の畦を切り放して水を流すのである　が
それでも足りないと不満を申す　治まる様子もない
松金はムラ一番の働き者で頭が良くて
好男子ときて　三拍子そろった男である

ムラの娘たちが夜な夜な松金の田んぼに
水を運んで入れるとさ
そんな話　笑っちゃいますね
ムラの青年たちのケチな嫉妬は困りものです
男なら堂々たる態度で挑めば良いじゃないか
車座になって論じるのも良いが
燃える嫉妬は殺意をも　招きかねません

水泥棒の逆恨みはたまりませんね
松金の田んぼを後にして
一行はマイクロバスに乗る
車窓の景色を眺めながら　私は考える
松金は山を買った　たまたま泉に出会う
その湧水で棚田を作ったのである
だから水泥棒は　山の泉だと思うのだが

尚円金丸像

伊是名島の　尚円王御庭公園に
凄いハンサムだ　百姓の出で立ちで
若き日の　金丸像が凛々しく立っている
右手に櫂を握り締めて　さっそうたる立ち姿
左手を斜め上に　指さす先は宜名真
眼光するどい目つきで　見据えている

そのひとさし指の先に　小鳥がちょこんと
飛んで来て　誰かを探しているしぐさ
あっ　いた！　仲間を見つけて飛んで行った

小鳥たちが飛んで行ったあと
動かぬ瞳は　じっと何を見据えているのかしら
伊是名島の妻を見据えて欲しい
永久に萎えることなくね

彼は島一番の働き者で頭が良くてハンサム
それはジェラシーの嵐が吹き荒れるでしょう
水も滴る良い男に水騒動がおこる
気がつけば彼は島の果てに追いやられ
敵みたいに殺意まで持たれていたなんて
人間　何時の世もイジメがあって
クリ舟で妻と弟を連れて逃げるのだ

棚田

ギラギラ太陽の下で　日照りに耐えている
田んぼを見るとき　大地の渇きの苦しみ
かすかに聴こえる　ひび割れの音
夕焼けはドロドロに燃え尽きて沈む

日照りに耐えかねる稲の立ち枯れの畦で
田んぼの泥を　舐めて育てた稲の命
松金（後の尚円王）であろうと
逆田に湧く　泉のほとりの田んぼ

松金の棚田に　さらめく緑の風にも
下田の男たちの怒りの炎はメラメラと
泉の水は松金のたんぼが飲み尽くす
地割れの田んぼは　首くるなどと

血の匂いをほのめかすので
逆田の泉は　逆田に湧いて下田に流れる
水泥棒と言われる　ついに僕は嘆きの砦
島を出て生きる　道しかないのか

カマルという名前

松金（後の琉球国王）二四歳の時、水騒動がおきる。命をも脅かす瀬戸際にたたされた。松金は島を出る決心をする。小さなクリ舟で大海原を渡るのだ。死も覚悟の上だったと思う。生きるも死も夫婦は一緒。十五歳年下の弟も連れて、三人でクリ舟に乗り込み、渡海を果たしたけれど、たどり着いた所が宜名真だったという。

当時の宜名真は辺戸ムラの端っこであった。もちろん民家もない。人も住んでいない。人々はみんな辺戸ムラにだけ住んでいた。いわば、宜名真の先住民は松金の家族だったといえる。「おもろ」を学び始めたころ松金の話が出る度に宜名真の青年たちに、追いはらわれたと聞いていた。だから私の中では家族三人で、宜名真をすぐに出たとばかり思い込んでいた。

ところが、昨年伊是名島の金丸像の下でガイドの説明に聞き入っていると、松金から出世した金丸が、三十半ばに、使いを出して弟を宜名真から呼び出す。その言葉に耳を疑い衝撃が走った。伊是名島から連れ出した妻は、宜名真に一人残されたと言うわけだ。とても他人事とは思えない。吾が胸に突き刺さり、宜名真で一人、どんな生涯を送ったのだろうか。

伊是名島の妻の名前は勿論のこと、伝承すらないというならば、せめて宜名真にゆかりのある私に「カマル」と呼ばせてください。なぜ、カマルなのか。それは享年38歳で5人の子供を残してあの世へ逝ってしまった、私の母の名前である。せん越ながら母の名前を使わせてください。

宜名真を訪ねる度。古い墓の茂みの辺りに、つい目をやって探してしまう。カマル、宜名真の土地で永久に安らかにと願わずにはいられない。

一本の命綱

島の青年たちの怒りの矛先は松金である
殺意を抱いているのを知った白いヒゲの爺さんは
その旨を伝えに来た　今　すぐ逃げなさい
命をも狙っているぞ　舟は準備してある
その声は天の声だと松金の胸に染み入る
そんな簡単に命奪われてたまるものか

肌身離さぬ大事な命綱を腰に巻いている
その姿を呆然と見ている妻（カマル）に
「キミも一緒だ　早く　急いでくれ」

「ゑっ　わたしも」「そうだ」
「キミしか　いないんだよ　僕には」
「弟を起こして　姉に預けるわけにいかないからな」

松金は手際よく準備をしながら小声で話している
突然の愛に　感極まり　手と足がかみ合わず
支度にモタついている妻を引き寄せて抱きしめた
耳元で「海を渡る　本島に行く
僕にはキミしかいないんだよ」
その言葉に迷いはなかった　彼を信じ
彼の妻として　吾が人生を　彼に託す

クリ舟に僅かな荷物を積んで

星晴れの凪に　島を出る
一本の命綱を妻の腰に結わえ　弟の腰に結び
船尾で舵とりをする松金の腰に　三人は一本の綱で
万が一に備え　何があっても三人は離れまいと
命綱をしっかり結わえている
夜の海原へ向かって静かにクリ舟を押し出す

舟の真ん中で懸命にユー（海水）を汲み出している妻
舳先で身を乗り出して櫂を漕いでいる弟に声かける
「少し休もうか」　ここまで来れば　もう大丈夫だよ
再び吾が島を　この海を　訪ねることもなかろう
再び親類縁者と語り合うこともなかろう
島影を見納めに遠望している　その時である

黒い波頭が立ち上がり　襲いかかってくる
「ウエーク（櫂）置いて舟べりをしっかり
つかむんだぞ　飛ばされないように」松金は叫ぶ
見えぬ何ものかが　波に身を任せてと言う
持ち上げられているのが分かる　宙に浮かび
クリ舟は　波の手に乗せられ遊ばれている
まるで昇降するエレベーターのように

何度も何度も高い壁を滑り落ちている
ここが地獄の底かと思うほどに
波また波が去って行った後　我に返った時
舳先にいたはずの弟が腰縄ごと引き寄せ

カマルの腕の中にいる鶏がヒナを守るように
被いかぶさり抱きしめている
その姿に母親の本能を見ているようで
松金は男泣きに泣いていた

たとえ舟から放り出されたとしても離れない
どこまでも三人は一緒だと言う家族の命綱！
夜がしらじらと明け　東の空に辺戸の安須杜だ
私たちは北部のアフリ嶽に向かっているんだ
思わず三人で拝んでいる
「陸に上がれるぞ」
ゆっくり櫂を漕ぎ出している

上陸

目の前の大きな山を見あげる
「着いた」弟が真っ先に跳びおりた
「砂浜だ」寝転がって　白い砂にまぶされている
なぜか　カマルの眼からドッと涙が溢れ落ちた
アダン林から湧き出る緑の風の心地よさ
安堵と共に重たい疲労に包まれていた

舟から降りられないカマルは松金に負ぶさって
初恋の背中は平和そのもので揺り籠のなか
鳥の囀りが心を和ませる　生きている実感

白い砂の上に一歩二歩と足跡をくっきり残して
アダンの木陰に腰を下ろす　カマルは軽石を枕に
横になっているうちに寝入っていたようだ

目が覚めると隣に松金と弟が寝ている
その寝姿に一人ほくそ笑む
二人に上着をかけながら　この幸せが
明日へも　続きますようにと祈る
全く同じ寝姿に兄弟の血が物語る
舟は傷だらけで　波うち際に横たわったまま

クリ舟の一枚下の地獄を乗り越えて
辿り着いた所が現在の宜名真だった

茅打ちバンタの風が下から上に揚がるように
尚円王への道しるべ僅かに足跡残して
琉球国王へ登る階段の
見えぬ一歩が眠っている

与論島のオジサン

カマルは山羊の啼き声を聴いた
沖の方で舟が見えたり波間に隠れたり
舟を波打ち際に止めた白い影は
仔山羊二匹だったのだ　懐かしい啼き声
オジサンが近づいて来て
「見慣れない顔だな　何処から来たんだ」
「伊是名島から来た」と
松金が答えると
「妻子を連れてか」
カマル達の舟を見て　よく無事でと感心している

「ボクは与論島から仔山羊を売りに辺戸に行くんだ」
仔山羊をメーメー啼かしながら山道を登って行った

生い茂るアダン林を通り抜けると
岩陰の良い場所があったんだ
「すぐ傍には湧水があって
その湧水はボクが見つけたんだよ」
弟の弾んだ声
クバの葉で作った器一杯に銀色の水が煌めいている
「早く飲んでみて　美味しい水だよ」と
弟の小さな手から　拝むように飲んでいるカマル
手足を洗うついでに　行水もして来たと言って
松金と弟は　さっぱりした顔である

上の岩陰に荷物を運んでいる処へ　先ほどの
与論島のオジサンが来て　宿を探して来たから
「さぁ　行こう」と誘われたけれど松金は丁寧に
お断りをしている　落ち着いてから
辺戸ムラには挨拶に上がりますので
岩場を背に軒をだして　壁はソテツ葉で編み
扉もソテツの葉で編みこむ　手足を伸ばせる
家族の宿　岩家が出来ていた
「をう　立派に出来たな」
安心したと帰って行った

岩家

九歳の弟は手先が器用で
心優しくて賢い少年である
青竹の床にユウナの葉を敷き詰め
緑のジュータンの岩家ができた
松金の逞しさに惚れ惚れとしていると
二人は懸命に火を起こしている
クジ（澱粉）にお湯を注ぎクズ湯ができた

そのクズ湯をすすっていると
「いっぱい食べると　元気になるよ」

と　すすめている
この思いやりのある言葉を
九歳の弟が言った
小さいながらもこの優しさ　たまらない

「明日は宜名真崎に行って魚を捕って来て
焼いてご馳走しようか」　松金が言う
弟は　もう寝入っている
寝入った弟に布地を被せながら
母さんと思っていいのよ
思いっきり　仲良くやっていこうね
家族三人だけの暮らしが宜名真で始まる

青田の満月

宜名真の岩陰を背に小さな明るい家
安須杜　霊峰の麓の　片隅に建てた
眼下に広がる海　その先には伊是名島
故郷の島影を眺めながら
ささやかな幸福に浸ることができる

松金は辺戸ムラへ向かった　挨拶のために
途中　与論島のオジサンに会って
いろいろ世間話もしたようだ
ムラではすでに松金のことが広まって

異端者が来たと物陰で観ている人もいる

会釈をするとそっぽを向いて作業を始める
川の流れで洗い物をしている女も見ている
水遊びの好きな子どもたちも立ち止まって見てる
畑でクワを上げたまま見るのを止めない男
見慣れない男が来た　これは大変だ

倭寇ではないか　ウランダー（オランダ人）
ムラでは松金の話が小路を歩いている
有志の方も知っていた　快く受け入れられた
松金の働きたい気持ちも汲んでもらって
その日で土地を借りることができた

雑木林を開拓して　辺戸上原《うぃーばる》の大川の水を
引いて田んぼを作った　畦の作りも丁寧で
仕事が実に綺麗　見事である
稲穂が実り　お米の豊作を極めていた
それを観た人々は米がこんなに作れるのなら

我も我もと辺戸大川の水を引いて田んぼ作り
松金は労を惜しまず　手を貸し力を貸して手伝う
わたしも弟も田や畑を耕して汗を流して
ムラ人と共に精をだして働く歓びに満たされた
辺戸上原の田んぼがそよ風に揺れる
青田の満月

女三人寄れば

女　三人寄れば　松金の話
容姿端麗で　琉球人離れした
そばに居るだけで花のあるような
カリスマ的でまぶし過ぎるのだ

木登り好きな子供まで松金の話
見惚れて仕事も手につかない女たち
ボクの彼女は　松金の話ばかりするから
逢う度ごとに　面白くないデイト

青年たちが手を組んで立ちあがった
近頃ムラの風紀が乱れてきた　不愉快だ
ムラの女たちの心が　松金に走っている
青年たちの怒りが押し寄せて来るぞ

ムラの有志から出て行くよう勧められた
舟を貸すから　妻子はそのまま残してもいい
青年たちが騒動になる前に出て行ってくれ
騒動が起きてからは　妻子も居れなくなるよ

宜名真から

とりあえず　宜名真を離れたけれど
吾が身は　まだ海の上だ
妻カマルの温もりを抱きながら
見知らぬ土地に二人を残して去り難き
吾が胸の内は引き裂かれんばかりの苦しさ
戻れるものなら　戻ってカマルの胸で泣きたい
泣かせてくれよカマル　叫びたい気持ちだよ
吾の涙　男の涙が通り雨みたいに流れ落ちた

東雲が白々と足早に近づいてくる

水面に人魚（ザン）が頭を出して呼びかける
「だいじょうぶ　前へすすみな」
色薄れゆく宵の明星が伊是名島を指している
当てもなく迷っているわけではない
首里を目指して舟を漕ぎ出しているのだ
西の方から灰色の風を巻き上げながら
海の亡霊を引きつれ　迫ってくる

そろそろ一望できたはずの赤丸崎が見えない
緊張が頭をよぎる　舵を左に切って
赤丸崎に向かうのを諦めた
波頭を逆立て轟音を伴って襲い掛かる
左は断崖絶壁だ　舟を漕ぐのを止めた

櫂を置いて　波に身を任せている
ゴジラ岩は見えるが　前進するどころか
海の亡霊に完全に　もてあそばれている

舟を持ち上げ　巨岩に叩きつけて振り落とす
舟が真っ二つに割れた　頭がクラクラする
割れた片方をイカダにして
放すものかと　しがみついている
死んでたまるものかと
必死に　しがみ付いている
まるで振り子みたいにイカダを振り捨て
宙を舞うように
岩へよじ登って　陸に着地していたのだった

松金はゆく

頭が真っ白に　ただ呆然と見ている波
鼓を打つように岩を叩いている波
何がこんなに面白いのだろうか
一隻の舟もいない　鳥もいない　いるのは
僕と岩と　暴れ狂う波と　海だけだ
南の方に的を当て　この山を越える
道なき道を　へとへとに疲れて歩きだした

身の丈の草を掻き分け進んでいると
空は眩しいほど青い　タカが自由に飛んでいる

土の感触　草木の匂い緑の空気の爽やか
命の歓び　草笛吹いて仲良くなろうよ
鳥たちが木から木へ梢を揺らし
森の中は命奏でる鼓叩いて賑やかに

水の音に誘われて歩を早めると
清流の流れる沢の水に出合うのだ
ガッポガッポ飲んでいる　沢の石に
腰を下ろして妻カマルの弁当を開く
味を懐かしく　愛を噛みしめ　命の再生だ
水の流れに海の匂い　傷口を洗い流し
水面に映し見る　なかなか男前じゃないか
独り言のつぶやきを　きいた　ふくろうが

眠い目をクルリと回してあきれ貌

ひとり山の中で勘をフル回転させて
山の生命の脈打つ血管を知ることができる
その脈打つ血管の流れに沿って歩くのだ
沢を登り切り　頂上に立って見ると
見える先には家が点在している
そのムラは遥か下の方にある
かすかな炎が青空へ煙を舞いあがらせている
人間に会うのは何日ぶりだろう
安堵ともに脚を早めている

辺土名にて

山をかけ下りると　視野が明るく
青草を焼く匂いがする
煙の匂いのする方へ歩いていると
一気に視界が広がってきた
人間の気配がする　思わず
人恋しさに近づいて行くと

ほそぼそと畑を耕している老人が一人
「僕に　手伝わせてください」声をかける
柔和な顔で

「そうか　じゃあたのむ」
鍬を手渡して
フーッと　ゆっくり腰を伸ばしている老人
畑を耕しながら「ここは　どこですか」と聞く
「辺土名だよ　キミはどこから」
キセルのタバコの煙をくゆらせている

宜名真から舟で来る途中
岩に叩きつけられて真っ二つに割れた
「あそこは　亡霊が突然暴れだす」所なんだよ
舟を乗り捨てて山を越えて来たのだ
奥のムラには
カンジャー（鍛冶屋）があるから

そこへ行って見て宿をとりな

ひざ丈の野良着に腰縄を巻きつけている
百姓姿の松金の働きぶりは　すこぶる早い
土に鍬を入れる　かろやかに
土はフカフカ羽毛布団のようだ
山越えをした旅人が一人畑を耕している
山原の厳しい夕間暮れどき
松金のたどり着いた所は辺土名だった

奥間カンジャー（鍛冶屋）

ムラの奥に奥間カンジャー（鍛冶屋）があった
炎の匂い炭火の匂いが風にのって来る
トンテンカン　トンテンカン小路を歩き
来たこともない見たこともない全くはじめて
息の合った鉄打ちのリズムに魅かれるまま
ゑいやー　ゑいやー　ゑいやー
職人たちの腕っ節が後ろの山にこだまする

打てば響く　鍛冶屋のトンカチ
何ひとつしらない　それでいて

見知らぬ松金が　突っ立って見ているると
「やぁー　新顔、手を貸してくれ」ハァッ
腰縄をしめたまま　上半身裸になって
「よっしゃ　鉄は熱いうちに打つぞ」声が飛ぶ
真っ赤に燃え盛る火の窯から取り出すと
すぐに火の玉を打つのだ　見よう見まねで
ゑいやー　ゑいやー　ゑいやー　と
掛け声を出して　乗りに乗っている僕

「フイゴ（火吹き）たのむぞ」
炭を焼け
どんどん風吹かせ　どんどん火を薪をくべろ
真っ赤に焼けた塊を　叩き伸ばすのだ

それっ行け　水の中だ　ジューッと
澄んだ水面にさざ波たてて形づくられてゆく
カマや鍬などの農機具づくりに活発である
鍛冶屋のご主人が　お帰りのようだ
「をぅ　新顔だ　ところで　キミは誰だ」
「ハァー　ハイ　松金と申します」
腕の立つ鍛冶屋職人に溶け込んでいる
ずーっと前から　ここにいるように

赤丸崎

一日の鍛冶屋の仕事がおわると
どうしようもない程　潮風が恋しくて
赤丸崎に来ている
夕日が燃え尽きて沈む
あの辺りに伊是名島が浮かんでいる
よくぞ　この海原を渡ってきたもんだ
妻と弟の三人でな
その妻と弟を宜名真に残したままだ
このままではいけない　心の中で叫んでいた

奥間鍛治屋には娘がいて
松金にひと目惚れ　してしまったようだ
女の恋は止まらない　止めようがない
赤丸崎に追いかけて来るようになっていた
二人は逢瀬を重ねるようになった　今日も
赤丸崎に来て　宜名真に思いを馳せている
松金の沈黙の後ろ姿に　娘が囁きかけると
二人は桃色の空気に包まれ
男女の恋は深まりゆく

もうすでに恋の噂はムラ中に広がって
今日も仕事が終わり赤丸崎へ歩いていると
からかい半分　皮肉たっぷりに

「そこ行く松金様よ　娘のどこが良いの
鍛冶屋の娘よりワタシがいいわよ」
茂った生垣の陰に女が立って呼びかける
恋におぼれる松金ではない

海に向かって　叫ぶように言った
僕は　名前を替えたい
まるごと変えるのではない
松金の「金」と赤丸崎の「丸」を頂いて
「金丸」になるのだ　僕は金丸の名前で行く
赤丸崎の女神に誓うのだった
娘が「金丸」と呼んでみた　その時
うっとりするような　鳥のさえずり

山の方へ調べを奏でるように飛んで行く
そこで松金は　松金という衣を脱ぎ捨て
金丸という名前の鎧を身にまとった
孵でたばかりの金丸！
初々しい　金丸に生まれ変わったのである

金丸

時は流れ　とどまることのない
月日は　いやおうなく過ぎ行く
季節はずれの恋猫の騒ぎに包囲されている
ニャオ　鍛冶屋の娘の男を奪いたい
一日でいいから男の妻になりたい
どうしようも無い程　恋しくて
ワタシは鍛冶屋で働いてこの男の傍にいたい
この男の女を消してやりたい
ニャオ　ワタシはこの男と共にいたいのだ
はっきり言っておこう　男が欲しいと

それでも　やっぱり鍛冶屋の娘がいいのか
女の敵は女だぞ

金丸は鍛冶屋での働きぶりはとても評価され
父親は娘婿にと惚れ込んでいた
親もみとめる恋仲になっていたが
これ以上　世話になるわけにはいかない
ムラの騒動にならない内に　去り時だと思った
鍛冶屋にお暇をいただいて
人知れず　ひそかに与那覇岳を越え
東に出て越来をめざす決心をしていた

ひそひそ　ガサガサ茂みの陰から

恋猫の唸りに耳をふさぐ日が続いていた
木の葉がバサッと跳ね返り朝露がキラキラ
もう　日が昇ってしまう　急ごう
金丸は足音をしのばせ　そーと静かに
山道をのぼり歩いている　その後ろを
鍛冶屋の娘は男装　狩り人の出で立ちで
犬三匹に荷物を背負わせて登るのだ
インチキ　ヤードゥイ　へ

与那覇岳へ

朝つゆの　山道を踏みしめて登っている
まだら模様の長い物が横ぎって行った
「あら　起こしちゃったね　ごめんなさい」
山の神様に手を合わせている男装の彼女
金丸に良いことがありますように拝んでいる
木下闇に薄明かりがさしてきた
赤土の地面に　点々とする形を見た
あれは猪の親子の足跡だったのだ

与那覇岳の中腹にある岩場に着いた

三匹の犬の背中から荷物を降ろしてやり
「ヨシヨシ」　と頭を撫でて労っている
彼女の手から水を飲んで嬉しそう
犬に寄り添う狩り人の彼女は男装である
彼女の顔はほてっていて
額の汗が銀色の玉の輝きを放っている
愛しさの余り抱き寄せて
抱擁し燃えあがる

山鳥の目覚めに梢が反りかえる音
緑の苔むす岩場を腰あてに宿を造る
金丸は回りの竹や枝を切り出して
軒や壁　竹を編んで扉を付ける

竹床式の上にヘゴの葉を敷き詰めて
こじんまりとした新婚の宿が出来た
彼女は金丸の器用さに見とれていた
犬を休ませる犬小屋も造っている
そこから呼ばれるようになった
犬繋ぎ宿（インチキ　ヤードゥイ）

逢瀬の宿

僕の居場所は犬繋ぎ宿《インチキヤードゥイ》なんだが
世間の目から見れば女の愛にあぐらをかいて
悪知恵だと言われても仕方のないことだ
男装した彼女は生きるための食糧を運んで来る
惚れた男に尽くす女心のいじらしさ
あんな坂　こんな坂　ヘッチャラだぁい
今日も明日も男装して　せっせと通って来る
山奥での生活がどれほど続いたのだろうか
何時までもこの生活を続けるわけにはいかない

さいごの日の晩餐が来た　金丸は言う
これから先　僕の行く道は未知の世界だ
愛しいあなたを連れて行くことは出来ない
ここで　世話になったけど何も渡す物はない
頭上にひときわ大きな星が煌いている
せめて今夜のあの星で許してもらえないか
彼女は笑みを浮かべながら何にもいらないわ
金丸から私は何にも代えがたい宝を頂いているの

お腹に手を当てて「ホラッ胎動《うごいた》わよ」貴方の児よ
金丸は慌てふためいているのに　満面の笑みで
親子三人の晩餐ね　お腹に手を当てている彼女
とうとう別れの日が来た　覚悟の上だとは言え

私は一人じゃないお腹の児と共に見送るのだから
与那覇岳の頂上へ登り　そこから東側へ下って行く
金丸は登り始めた　生い茂る樹木の中をかき分け
登っている音が聞こえる　姿は見えないけれど

彼女はその場に立ちつくして「金丸」呼んでいる
「オゥ」と返事が帰ってくる
「お腹の児が動いたわよ」
「生まれてくる児には！」
「生まれてくる児にはなあに」
さいごの言葉を聞き取りたい一心で駆け登っている
言葉がやまびこに吸い取られて聴きとれないまま
彼女はお腹の児と共に立ち尽くしている

「金丸」もう一度呼んでみる　返事がない
垂れさがる電線のように木霊が転がるだけ
与那覇岳をどんどん下りて行ったようだ
山越え確かめて　彼女は犬三匹に励まされ
男装のまま　犬繋ぎ宿《インチキヤードゥイ》を下りるのである
今も犬繋ぎ宿《インチキヤードゥイ》を拝む人々がいるのだ
血縁の繋がりは絶えることなく
人類のある限り拝み続けるであろう

水甕と女性

森の懐の中で生きている
それから先は未知の世界で分からない
縦横無尽に歩き回っている
太陽は真上のようだ　木漏れ日に心安らぐ
水音のする方へ転げるように歩を早めると
翠壁から流れ落ちる清流があった
恵方水をすくい飲み　疲れた身体は癒される
沢の真石に坐って腰弁当を開いて食する一人

さあ　とりあえず歩いて行こう

行く先なんか知らないけれども
とにもかくにも歩いてみよう
東方の海が見たいのだ
僕の中にはニルヤ　カナヤの神がいる
潮風の匂いが鼻腔をくすぐる
東海岸に出たのだ　心に一抹の光が差して
森の懐の中から脱皮することができた
海を渡る風はなんとも爽やかである

海辺を歩いて　家並みにさしかかると
向こうから水甕を担いだ女性が来る
女の様子に　怪しいものではないと伝え
「大変ですな　僕が持ちます」と声をかける

金丸が水甕を家まで運んでくれるのだ
「ありがとう」とお礼にお茶をすすめる
美味しいお茶の一杯から
女性の家に世話になるのである

金丸井戸《がー》

世話になったお礼に
井戸を掘ってあげるのである
生まれ持ったしなやかな才能でもって
地の利を得ると水脈の音が聴こえる
ここかもしれない掘るところは
屋敷のほの暗い角の土地をえらび
ひとりで　鍬一つで掘りはじめた

「何をしているの」　子どもたちの声
金丸は何を言われても一心に掘っている

地中を拝んでいる姿で掘っている
ムラは静まりかえっている星晴れの夜
井戸掘りの鍬が鳴る　井戸の底に銀色の水
湧き続ける澄んだ水が神々しい輝きを放つ

見事に掘り当てた　水の音色を聴く
地中の澪の流れ　何重奏にも聴こえるのだ
金丸は安堵と共にドッと疲れが出て坐り込む
そばに彼女が寄り添い汗を拭いてあげる
一番鶏が時を告げる頃
眼をこすりながら近づいて　のぞき見る
水面に映る自分の顔

井戸の土壁に石を一つ一つ積むのだ
石のこころ積みあげよ　皆の心を積みあげよ
井戸の中は綺麗な石壁の輪ができた
「井戸を掘った恩は忘れてならぬ」
拝んでいる彼女
僕が去った後に　この井戸を自慢するがよい
そして二人のはかない愛を誇りなさい
金丸は越来へ向かって旅発つのだ

汀間《てぃーま》を発つ前夜

さいごの言葉を言えずして
夜の寝床につく
二人は揃いの枕を並べながら
言えぬ想いを胸の地下深くに

私の胎内に宿る
胎児の気配に魂をかたむける
夜の足音遠ざかり　朝が来ると
彼は未来への旅に発つ

この児は生まれながらにして父親知らぬ
父なし児を産み　私は母親になる
ある日　首里から尋ね来た一人の男
父子の対面に向き合って父親を名乗るだろう

帆柱の下に佇み　ジーッと見ている
彼の無言の奥に　思いの深き処に
夕べの枕を想い浮かべながら
私も眼をあわせて何も言えず

カマルの叫び

尚円王の生まれた600年前まで逆上ることとないよと言われても、知りたい気持ちはとまらない。宜名真崎から出世街道の歩みと共に名前も脱皮してゆく。松金から金丸、尚円金丸、越来中城と西原から尚円王になる。王妃は、うぎゃか妃である。そこまで知った私は伊是名からの妻の行方が気になりはじめる。

機会あるごとに伊是名からの妻のことを訪ね歩いていた。西原では金丸が内間ノロと一緒になったので自ら身を引いた説である。松金に捨てられた妻は、どの様な生涯をおくったのだろうか。想像するだけで胸が痛む。また、越来グスクでは、すでに伊是名からの妻はいないよ。そんな声に伊是名からの妻はどこで消えたのかしら。また探し始めていた。

そんなある日、久志村の汀間には妻のきものがある。一年に一回虫干しをする。その日であれば妻のきものを拝見出来るという。すぐにでも出向きたい気持ちを抑えていた。

ガイドの話を思い出す。松金は妻と9歳の弟を連れてクリ舟で偶然に着いた所が現在の宜名真であった。ところが　ムラの人たちと騒動を起こして宜名真を出る。辺土名奥間カンジャー(鍛冶屋)、インチキヤードゥイ、汀間を経て越来グスクに向かう。尚泰久の元でグングン知と利に叶った力を発揮して、下っぱの役人から黄冠になった金丸は三十半ばに使いを出して弟を宜名真から呼び出す。

金丸24歳だったので、30半ばとは10年余りも宜名真に居たのだ。私にとってこれ以上の驚きはない。９歳だった弟はすでに19、20歳になっている。

私はガイドに質問する。

「伊是名島からの妻はどうなったんですか」

「伊是名島の妻のことは一切記されていない、分かりません。奥間カンジャー（鍛冶屋）の娘さん、汀間の女性に繋がりませんので、金丸は行く先々でひと騒動起こしている。伊是名島の妻のことは宜名真でおわり。次に繋がりませんので」と質問に答えてくれたけれど。


あの汀間のきものは現地妻のきものだったのだ。私の頭の中は真っ白、がっかり。伊是名島からの妻カマルの生涯は、私の嫁ぎ先の宜名真で終えたのだ。とても他人事とは思えない。わが身に沁みる痛みだ。太古の昔であろうと人間の女性に変わりはない人間の想いは、魂になっても変わるものではない。知らない土地に独り残されたカマルの哀しさよ。宜名真崎の荒れた海鳴りの中で、カマルの叫びが聴こえるよ。

カマルは尚円王への階段の一段目になったと言うわけだ。尚円王は女性と言う階段を登り王の玉座に坐る。上流階級の「うぎゃか妃」の世界は私には無縁だ。私の世界はカマルの世界である豊かで綺麗な今の世代を、土の中で支えている昔の人たち。その昔のひとたちに近い私だから書ける。身の丈に合っている。自然体で心地よい。それは私の少女時代のどん底にあると思われる。自分でもよくわからない不思議な現象だ。

カマルが背後からサッと言葉を出してくれる。

ちむふがらさ！（肝誇ら）

カマルの叫び。

松金が来る夢

畑の帰り　カマルは
宜名真の戻る道に
腰を下ろして
岩陰で休んでいると
ウトウトと　まどろんでいる

南風が吹いて来る
ほそ波の　寄せ波の
やわら　やわらの風よ
真帆を膨らませて

国王の御船が近づいてくる
松金が乗っている
偉くなっているのだ

松金の眼の窓から私を見ている
私は「松金」と呼ぼうとするのに
「尚円金丸」と呼んでいる
奇麗な女に囲まれて
背を向けて行く
こっけいな夢の嫉妬が
私を目覚めさせる
なんとも気だるい夢の重たさよ

透視の眼

国王の御船を横づけにして
尚円金丸の部下だと言って
使いを出す　その部下たち
役人たちが降りて来て
弟のセンイを迎えに来る

すでに私は知っていた
優秀なる越来グスクの金丸
尚泰久王の右腕になっている

王の身分に満ちた顔をして
私は透視の眼で見ていた

尚円金丸は私の前にいて
声の届かない透明な
真空の中にいて
糸電話の先なんかにいて
首里へ登って行こうとする
首里とは国王の玉座であろうか

そのとき妻は

オォイ　青浪に浮かんで来るのは
国王の帆船ではないか　ここに向かって来るぞ
人々は辺戸上原《へどういばる》から海を見ている
鍬や野良仕事の手を止めて
国王の帆船を眺めている
越来グスクの優秀な役職に就いた
金丸は部下に使いをだしたのだ
宜名真にいる弟を呼び出してくれとな

どこから来たって　首里からだろうよ

大きな真帆を揚げて走る帆船から
船頭や船子や船員たちが降りて来て
尚円金丸の使いだと言ってな
二、三人の若い役人がさっそうと来て
弟センイを迎えに来たのさ

それを聞いた妻カマルは
うとぅいむち（おもてなし）に大慌て
取るものも　取りあえず畑から下りて来て
得意な伊是名料理に取りかかる
にぎり飯に魚やイカの燻製　ソテツの実の
でんぷんで作ったダンゴ作りに精をだす
フーヌイユ（シーラ）干物のお土産まで

弟センイは辺戸のサクマ家へ走っていた
無二の親友に頼むために
一人残るカマル姉をたのむのさ
眼にいっぱい涙を浮かべて　頼むのさ
弟センイの顔は汗と涙で泣き笑いの顔で
畑の土の匂いがね　草の匂い　森の匂い
伸び盛りの青春の匂いのままで

伝馬船から帆船に乗り移った　弟センイに
何か促しているけど振り払っている　松金！
松金が乗っていたのだ　兄弟再会の歓びの様子
帆船は風にのってゆったり向きをかえて

動き出すと　船尾に松金が駆け寄って来た
眼と眼を合わせて　離すものかと
じっと脳裏に焼き付けている
目頭が熱くなり　瞬きするのも惜しい
吾が肝　切れんばかり　じっと見ている

カマルは立ち尽くしている
御船を見送るためにだ
真帆いっぱいに　風を膨らませて
順風に乗せて　御船は走って行く
だんだん御船は小さく　青浪に吸い込まれ行く
早すぎて見えないのよね
見えない松金を見送っている

夕暮れの誰もいない砂浜に一人でいる
もう遠すぎてこの眼では見えないのよ
越来グスクへ行った　それっきり

砂に籠る

とうとう松金は弟センイを連れて行ってしまった
私は全くの一人ぼっちで取り残された
独りでこの宜名真で生きろと言うのかよ
鳥になって親きょうだいのいる伊是名島へ帰りたい
もう　立ってられないわ　涙が重たくて
ぺたっと坐りこむ　この寂しさから逃れるために
無我夢中に砂を掘り上げている　舟を漕ぐ動作は
止まらない　母に逢いたい帰りたい一心で
ガシガシ爪を立てて掘っている生爪が剥がれ落ち
「アンマ」(母さん) 叫んでいるけど声にならない

漆黒の深い海の底から　魔物が迫ってくる
この恐怖が　私を引っぱって　逃げるに逃げられない
両手の爪が剥がれ落ち血だらけになっても止まらない
私はなぜこのような動作をしているのか知らない
分からない　狂った馬車のように突っ走る勢いで
指を立ててガシガシガシガシ　櫂で舟を漕ぐように
両腕がギィギィ唸りを上げても痛みの感覚がない
人間の肉体の限界の果てに綿みたいに疲れた体を
自分で掘った砂の穴の中にグッタリ籠る

生まれた頃までさかのぼる想い出の中
あれは松金の口笛だよ　私の胸が高鳴る

隣のムラから涼やかに響いてくるの
露を跳ね上げる　軽やかな足音だよ
高い丘を馬で駆け下りて来る松金が
星をちりばめた砂浜を蹴り上げながら
砂のしぶきが眩しくて　海も波も静か
松金の馬の脚音だけが耳元で
砂の穴に籠る私を目覚めさせた

孤独とは

膝を抱えて夕陽にさようなら
想いたぎる様な情熱の西の海に
伊是名島が浮かんで見える
島には父母兄妹　家族がいる
父母の反対を押し切って
松金の姉さん女房になった

揺るぎない愛情で海を渡って来たが
松金よ　あなたの心はどこへ行った
私は宜名真にひとり残されている

二度とない人生を懸けて来たのに
孤独とは　こうも　辛いものか
胸をかきむしられる様な苦しさ哀しさ

切れてしまった凧のような松金よ
私からはたぐり寄せる糸口もないの
やるせない満天の瞳の中で
伊是名島を遠くに見ながら眠る
吹きっ晒しの亡き骸になって
永久の宜名真崎に残るのか

縁談

岩家に独りで住んでいると
縁談話が降って湧いてくる
金持ちだの　豪農の親父や
10人の子持ちまで　また
妻を亡くし　乳飲み児を抱いた
若い父親までも

岩家の上に縁談話が降るたび
哀しくなり　松金が恋しくなる
再婚は絶対にしないと断っても

星が降る様に降って湧いてくる
他の男の嫁に行くくらいなら
死んだ方がましだと言っても
冗談のように縁談話が私を苦しめる

松金は国王と言う花を咲かせたが
私は何故　独りでこの岩家に
居るのか知らない
尚円王になる為の階段だったのか
それとも　私は階段の一段目で
踏み台の役目で捨てられた女?
ここ宜名真で山姥になれと
松金が言うのなら

なって　やろうじゃないか

怪しい影

真っ黒な山陰からしのび寄って来る
ふにゃ　ふにゃ　イモ虫がうごめく
巨大化したイモ虫がスーと伸びて
だんだん近づく気配に鳥肌が立つ
それは　とても怪しい物で気味が悪い
魔物が迫ってくる恐怖で
わが身は震えながら凍りついている

得体の知れない悪しき物に耐えている
五感を研ぎ澄ませていると

しだいに近づく　怪しい影
私の知らない奇妙な言葉で
その影は私に襲いかかってきた
私は金縛りに遭い　もがき苦しむ
女の底力で持って金縛りを切り捨て

岩家を飛び出し　アダン林を抜け
砂の上を走り　海へ飛び込んだ
白波も立てず静かに泳いでいる
沖へ向かって泳いでいる
水の中に隠れたまま出てこない
私をあきらめて　怪しい影は
およおよと山の方へ去って行った

戻りたい

岩の間の草花になりたい
鳥になって父母家族のもとへ戻りたい
獣たちよ　私をツイバンでくれ
生きることは　もう限界だ
痛くないようにツイバンでくれ
私の魂は残してくれよな
嗚呼　人間はこうして死ぬのかよ

松金の愛を信じきっていた　その
覚悟がなければこんな小さな舟で

この海は渡って来れません
生きるも死も松金と共に
その覚悟だった　ところがである
その夫松金に捨てられた
人間の住めない　ジャングルにだ
人間は極限の恐怖に遭うと体がひとりでに
震えあがり骨のキシむ音が哀しすぎる

ここには人間はいません人っ子ひとり
人間は私だけだよ　獣ではありません
生きることは　こんなにも辛いことか
飛ぶ鳥よ　私をツイバンで欲しい
私は　この苦しさから逃れたいのだ

獣たちよムシャムシャ私を食べてくれ
でも　魂だけは残してね
生きることは　こんなにも辛いもんだ
伊是名島に向かって叫んでいる
父さん母さん　きょうだいたちよ
みんなの止めることも聞かずに
松金の懐に飛び込んで海を渡って来た
嗚呼　父母の家に戻りたい　戻りたい
松金に惚れたばっかりに　結局は
松金に捨てられた女になって
私は　この有り様だ

蛇や獣たちよ私をツイバンでおくれ

私は死にきれずに喘いでいるのだ
早く私をツイバンで食べてくれ
たのむよ　蚊たちよ虫たちよ
もっと刺してくれ　血を吸ってくれ
脳髄が凍るのだ心臓が止まる
心臓は内臓さ　魂は残してくれよな

人間が一人で生きることは
こんなにも辛いもんだ
私はもう頑張って生きようとは思わない
森の獣たちよ　ツイバンで食べてくれ
ここが地獄か　もう下はない
地獄の底を　魂の眼で見ておこう

松金よ！

口噛み酒

弟センイが連れて行かれてから
眠れぬ夜のために口噛み酒を飲んでいる
星の子たちと砂の上に坐って浴びるように
独り　茶碗酒を涙で割って呑んでいる
海の彼方に見える島影は伊是名島

そこには懐かしい　爺ちゃん
婆ちゃんが　いるではないか
死んだ松金の父母と一緒に
私の家族が車座になって

酒を飲んでいる　ご馳走がいっぱいだ
故郷の家族の宴を遠くから見ながら
私は茶碗酒をガップガップ呑んでいる

家族たちは明日の仕事が早いのでと
一人二人と立ち上がり母が雨戸を閉めた
人っ子一人いない砂浜に涙も涸れ果て
砂の中にもぐり　そのまま寝入る日々
茅打ちバンタの風が私の頬を撫でて
「おやすみ」と言った

私はもう　独り身を哀れとは思わない
潮風の賜物で声がかすれてハスキーボーイだ

その声が愛おしく喉にこびり付いてその声で
男装すれば男じゃないか　宜名真を出るぞ
もはや気持ちは首里へ走っている

ジュゴンとの戯れ

全くひとりになったカマルは
淋しさに堪えている
清水の流れにソテツの毒を流して
口噛み酒を造っているとき
かすかに聴こえる酒の精のこゑ
透き通るような酒造り唄の響き
淋しさに堪えかねる夜が来ると
気が狂っていると言われようが
かまわない　生きるために
酒を呑むようになっていた

よく晴れた夜の砂の上に坐って
ひとりで茶碗酒を呑んでいる
森の中に漂っていた精霊たちが
砂浜に戻ってきて星のように
きらきら輝いている　私の傍で
星晴れの空から降り注ぐ
思いがけない　星酒との出合い
星と共に　潮が満ちて来ると
近づいてくるのはジュゴン（ザン魚）
あら　来てくれたの　ありがとう！
松金と弟センイを想い出すわ
さぁ呑もうよ

家族三人で呑んでいるみたいだね
カマルは機嫌よく酒を呑みながら
「松金」と呼んで　はしゃいでいる
だんだん満潮になってくると
二頭のジュゴンはカマルの傍を
片時も離れない　寄り添っている
ジュゴンに抱きついて
「松金！」

カマルの愛は松金を離さない
カマルの酔っ払いはジュゴンに抱きついて
海水をガブガブ飲みながら寝入ってしまった

ジュゴンは必死に陸へ陸へと押し上げている

辺戸の漁師が早朝アダン林を抜けると
水際に女が横たわっている　その周りは
茶碗が転がっている　これは酔いつぶれて
溺死だと悟った　それにしても
この二頭のジュゴンは離れようとしない
静かに見守っている様子である
与論島からの商いの男が舟を着けた
ジュゴンが僕の舟に近づいて来て
ギャーギャー騒ぐもんだから
何か変だとおもったら　これだったのか

横たわっているカマルの周りから
ゴロゴロッと鳴った　この音は？
オイ　ジュゴンたち　屁をへったのか
すると　カマルの体内から　ドッと
酒と海水の混ざった液体がすごい勢いで
噴水のように吐きだされた　鼻血がポタリ
ゆっくり身体を起こし虚ろな眼で見ている
カマルは息を吹き返したのだ
酔いから醒めたと言うのが相応しいかも
辺戸の漁師から真水をもらって
水を飲み干すと　ふらふら立ちあがって
ジュゴンたちに　別れの手を振る
やれやれと　沖へ向かって行ったジュゴン

宜名真にて聖なる孤独

岩家の苔むす部屋の中は
弟センイの青春の匂いでいっぱいだ
岩に染み込んで　どこを向いてもだ
カマドの埋づみ火のような温かさ
畑は粟や山芋の掘り頃となる

静かに吹く風とともに
茅打ちバンタから海鳴りのハーモニー
山の獣たちの気配におびえる夜
そんな眠れぬ夜　想い出の中に

形づくられて　浮かびあがる

過去の小さな恋がコンコン戸を叩く
胸の地下室から駆けあがってくる
二人の愛はつかの間の抱擁を交わす
移りゆく時の流れであっても
二人の小さな鼓動は鳴り続ける

松金の愛の温もりは今日も明日も
血管の中を清流のごと流れ続けて
私の生のある限り　忘れ得ぬ限り
耳元で囁かれた愛の言葉を胸に抱き
明日に向かって生き抜くのだよ

この聖なる孤独を私は離さない
膝小僧を抱え込んで眺める
太陽が西の海に沈んで行こうが
伊是名島が見えようが
私はもう泣かない

一里塚

私はやがて宜名真を出るでしょう
戻ることのない旅である
与論島のオジサンが辺土名まで
舟を出してくれる約束で
アダンの織物の小物と交換だ

宜名真の湊を発つ
最後の足跡を白砂に残して
「安須杜」 琉球創世神アマミキョが
降りなさった岩山を見あげながら

戻る道の草庵に別れを告げる

茅打ちバンタに棲む風の
オペラに耳を傾ける
岩肌を叩いて通りすぎる
風の音に乗って夜が来ると
流れ星は流れながら飛び跳ねる

サーカス村の宙がえり
風が唸ると草笛吹いて
岩を叩いてつづみ鳴り止まぬ
霊峰安須森がだんだん遠くなる
舟も無言　私も無言で宜名真を出る

吾は行く

宜名真の砂をはらい落として
辺土名のムラに降り立つ
その舟の　船頭さんにお礼を言いながら
もう　戻ることのない旅に発つ
しかも　女は地下深くに封印したり
男の世界に住む決心の果てに男装している

福木を生い茂らせて囲まれる屋敷内に
建てられた家の明かりが点くと
今夜はその家に泊めてもらうのだ

囲炉裏火は燃えながら火照る
爺さん婆さんと囲炉裏を囲む
爺さんは縄をなっている
婆さんは薪をくべながら喉に効くから
と　お汁をすすめてくれた
男装していてもすぐ　婆さんに見破られた
こんな可愛い男がいますか
爺さん婆さんは目を合わせてうなずいている

伊是名島の訛りでわかったようだ
女一人で海を渡って来たのかと驚いている
宜名真にたどり着いて住んでいたと言うと
あそこは獣道　獣のいる所で

女一人で　と二度びっくり
夫が首里に行っているので後追いの旅です
その晩は　爺さんは一番座に
婆さんと私は囲炉裏を挟んで寝る

翌朝広い庭の草取りに精を出す
土がとても柔らかで裏の畑の畝作りも
久しぶりに故郷の家の温かさを味わう
ああ　そんな朝　福木の枝に止まって
じっと　一羽の小鳥　鳴きもせず
家の拭き掃除　雑巾がけ
上りがまちの拭き掃除を見ている

水がめ一杯に水を運んで来て満たし
手洗い水も一杯張って水面に映る白い雲
疲れも取れて元気を取り戻していた
爺さん婆さんに　お礼を申し上げると
ウグイス色の綺麗な絹織りの着物を出され
産後熱で亡くなった娘の形見なんだよ
これから先　旅の途中で困った時に役だてな
人間の深い情けの前で何にも言えず　ただ
こみ上げてくるものをこらえながら
辺土名を　後にする

さぁ行くのだよ

さぁ　行くのだよ戻れない一人旅
自分に言い聞かせながら歩いていると
右手に西の海広がり
遠き故郷の島影見える
道こそないけれど南へ南へ
岩や崖は杖になり得る

陽が傾きかけると飛び交う蝶や蜻蛉や
家路を急ぐかのように
吾も　また　急がずとあらば

松金　弟センイ　元気に
生きてこそ笑顔で逢いましょう
空高く飛ぶ鳥に呼びかけている

喜如嘉ムラは機織の音が近くに遠くに
糸芭蕉の葉擦れの音色に魅かれながら
清い流れの七滝の前に登り来て
七滝の孵で水も清らかに静かに
木漏れ日の揺れゆれ舞うごとに
眩しき羽衣ゆえ　見とれている

しなやかな美貌　天女の恥じらいが
男装しているけど吾は女であるぞと言い

今日の良き出会いに一緒に沐浴しましょう
七滝の滝つぼも穏やかに流れおる
飛ぶ鳥も水浴び　羽繕いにいそしむ
吾が衣もアケズ羽の　羽衣みたいにね

行商人のカマル

喜如嘉　謝名城を後に七滝を越えて
大宜味カニク浜を通り　根路銘へ向かう
尾根づたいに割りと道が開けてきた
右手に見えた太陽が西の海に沈む
風景が私の前にふさがって遠ざかる

しかし塩屋湾が眼下に見えてきた
行くべき方角が分かってきたので
根路銘上原から田港へ下りた
磯の香りのする湊まち田港である

湊には帆船や山原船　伝馬船が停泊して
宿屋もあり　人々の往来ありで賑わっている
来る人拒まず　いもうり（いらっしゃい）である

田港の朝は作りたての豆腐の匂いで始まる
売り声が心の緊張を解してくれる
その言葉が自分の故郷にいるような
「ワイー　豆腐豆腐　ワイー」
伊是名の言葉も　頭と尾に「ワイー」が付く
その言葉が　懐かしく私も言ってみる
「ワイー　豆腐大好きだよ　ワイー」
「ワイー　本当かよ　ワイー」と返ってきた
我が島の誇り「ワイー」を残して田港を発つ

旅の道のりには福地川沿いが良い
玉辻山の裾野は優しい平らな道である
鳳仙花の歌を口ずさみながら赤土を踏み
大宜味を後に横断しているのだ
東村に出ていた　東るいの大主を拝む
久志村に入り　二見　汀間を歩いて
偶然にも金丸の歩いた道とは知らず
女性的で穏やかな山間を横断する
こんどは西に向かって歩くのだ
羽地マキヤを通り抜け　名護に入る
名護のなな曲がりの西日を浴びながら
白百合の花の香りを　袖の袂に忍ばせて

許田に着くと　許田の孵で水を手ですくう
身も心も軽やかに　東海岸へと向かう
小高い山並みの赤土を踏みしめながら

潟原に出ると遠くまで浅瀬が広がり
水平線が海のかなたに揺らいで見える
潮風の匂いに誘われ生きている実感を噛みしめ
思わず両手を広げて深呼吸　青春のように
引き潮の陸の海に　駆け出している
綺麗な小石や貝殻を見つけると童心に返り
あっちにも　こっちにも無心になって集めている
時が経つのも忘れ　満ち潮になっていた

宜野座ムラに入るとカマルは風呂敷を広げる
アダン織りの手ぬぐいや小物が珍しがられ
カマルは久ぶりに頬がゆるみ笑顔になる
そこから金武に入って　金武でもアダン織りの
品物はよく売れて　人気があるようだ
行商人のカマルは越来に近づくと
胸が高鳴り少し緊張ぎみである

ガジュマルの木の下で

ここが越来なのだ　何故か　安堵する
枝を広げた　ガジュマルの木の下に
風呂敷包みを下ろして休んでいると
真昼の間　静かにしていた子どもたちが
一人二人と寄ってきた　風呂敷の中の物に
好奇心を持っているのが分かる

行商人の風呂敷から溢れ出す品物と
思いがけない子どもたちとの出会い
色々な貝殻イシナグ（小石）は

小さな手の中で　きらきら輝いて
子どもたちの瞳は　遊びに夢中である
アダン編みの草履が次から次へ出てくると
子ども用の草履を手に取って可愛いと唸る

ガジュマルの木の下に来てごらんよ
母親たちの呼び声に　わが子のためにと
母親の手元に吸い寄せられて行く
ウグイス色を放つ絹織りの着物は
その着物　娘にと迷っている母親が
夫にその着物を見せたいので
家まで来て欲しいと招かれた

越来《ごえく》グスク

領主は尚宣威である
家臣を引き連れた尚宣威は
あきらかに　弟のセンイである
カマルは思わず眼を合わせてはいけない
体をかがめ　眼は伏せ気味に
心の汗をかいている
頭の中は懐かしさでいっぱいだ
宜名真の砂浜から役人に迎えられ
松金に呼び寄せられて旅発った

あの弟のセンイは
今や越来グスクの按司になって
尚宣威と呼ばれている
貴族階級の黄冠になっている
出世王道をひと走り　とても幸せ
王府にも馬に乗って行くそうだ

農民たちが荷馬車に米俵を
積んで運んでくる
夏も冬も米の花が実を結び首を垂れ
富のシンボルである酒の貢ぎ物が寄せ来る
酒蔵を建てて繁盛の乱舞に
役人たちは情熱に精を出す

穀物を差し出す農民は
栄えてほどよく豊穣である

使用人たちは賑やかに台所で働いて
静かに出入りする人もいる
私は尚宣威の前には姿を出さず
奥様に絹織りの着物を献上する
どうぞ　お納めください
これでお暇いたします

雲上の太陽

あまたの女性に浮き名を流し
尚円金丸は行く
島を出て戻ることのできない
尚円金丸は
戻る日を持たない　旅ガラスである
行く先々で　ひと騒動残して飛び立つ
彼は幾百幾千の子孫を残すにしても
触れることもできない

越来グスクにも落ち着くことなく

役職の仕事をこなす優秀な信頼の上に
彼は国王と共に首里城へ登ることになる
首里城では大蔵大臣を兼務する那覇市長で
琉球国王の第一線で活躍する
人望もあつく役人たちからも慕われ
男も惚れるような尚円金丸である

競いあっている姫たちも一目ぼれ
人間の恋する気持ちは止めようがない
今夜は良い気分なのでと姫は言う
彼には妻がいるだろうか　いてもかまわない
姫は妻になれるだろうか　なれるとも
彼には妻がいて　西原間切に君臨していた

首里王朝は夕焼け色に染まり空模様が
怪しく揺れに揺れ動いて小さな戦争の
足音が地響きを立ててしだいに大きく
きな臭い煙がモクモク広がりゆく中で
彼は琉球の頂点である玉座についていた
尚円王の王冠は雲上の太陽である

独りあゆむ

西原に向かっている
内間御殿を見てみたいと
このままのモヤモヤはイヤだから
うわさだけの嫉妬はやめたいので
中城の峰を歩いている
東の海　西の海を眺めながら
少し気持ちを柔らかにしたいと考えてね

夢の中でだけ　青年松金を思い出す
松金は偉い役職の尚円金丸になっている

逢うべき彼は　もう探さず
自分の心を捨てて内間御殿を見ている
ささやかなる幸福のおすそ分けだ
どんなに昔の松金に思い焦がれていたとしても
今さらこの身分の違いに胸のときめきなどない
誰からも気づかれずに佇んでいる

国王への道しるべ　ほのかに染めて
内間御殿には家族がいっぱいだ
鮮やかな花のように
別れの朝　西原の浜を妻子と連れだって
散策をしている　歓びの中
松金には妻子がいっぱいだ

賑やかな花畑のように
もうすぐ迎えの駕籠が来る　使いの者が来た
別れは辛い　辛いけれども
松金は国王になるのだ　喜ばしい
松金と妻子の別れを
私は人垣の影から見ている

西原の　運玉森が呼んでいる
私は歩いている内に老いてしまって
馬の足みたいになっている
そのままで歩いてみよう
ありのままでいいの　それでいいの
私の魂の中には

青年松金の
愛の言葉が輝いている
拝み給え　願い給え　語てぃたぼり

運玉森の麓

どこから　来たの？
宜名真から来たのさ
どうやって来たの　歩いて来たのさ
この脚見れば分かるでしょうよ
馬の足ではないぞや
その昔々　辺戸の安須杜に
アマミキヨが降りたようにね
私の夫は首里王朝の国王なのさ

国王の行列を見るために私は

木に登って見たのさ　やはり昔の顔してたね
伊是名島の匂いがね　潮の匂いがしてたのさ
だまって耕す土の匂いがね
ひと目見たきり　それっきりだよ
過去までさかのぼることないよ
私の想い出は　胸の地下室に封印する
自分でも分からないのさ　これでいいんだよ

運玉森の麓で
エボシガワ（烏帽子川）の水面に
顔を映し見ると頬がこけて岩みたいだよ
笑うと泣いているようにさざ波立つ
もぢょろ　もぢょろの　洗い髪を

手ぐしで梳いている私は天女なり
母が呼び給うた名前はカマルである
終の棲家はここだと自分に知らしめる
アダン編みの揺りかごをコツコツと編み
何と言う　立派な出来ばえだこと　見事だ
自分で褒めないで　誰が褒めるのさ
朝露で身を清めながら登る豆腐坂
汀良町に出ると　朝市で賑わっている
朝市には何でも持ち寄って来る人の賑わい
私はアダン編みの品物と　物々交換である
何でも手に入る　生きて行くための物が
魚や肉が目の前でさばかれるのを見ていると
朝市の人々の動きが慌ただしくなった

それは国王の行列があると言うのさ
大勢の神女たちを引き連れてな
国王様が　弁ケ岳へのお参りだそうだ

私は運玉森の麓に戻って来て　一人
伊是名島をクリ舟で一緒に渡ってきた
松金を　忘れはしないよ
いとおしい恋人よ　私は運玉森に
あなたは宵闇の星となり輝いている
運玉森と共に永遠に夢の宇宙へ
神々しくそびえる運玉森のそばで
安らかな枕で私の魂は添い寝する
運玉森と　私は　私のままでね

光と闇

兄の尚円王の逝去で沈んでいるとき
静かに世継ぎの話が歩きだす
幼いの早いの　可愛い世継ぎの話から
少年を連れて世継ぎの話をする
あちらでも　こちらでも　世継ぎの話
王府の役人たちで決められてゆく
弟（越来王子尚宣威）を即位させる
世継ぎの尚真が成長するまでとのこと
水の流れみたいにサラサラ決められた

一世一代の君手摩り百果報の儀式が
行われると言う　尚宣威は知らない
王府の役人たちが決めたわけで
兄　尚円王の忘れ形見である
世子久米中城王子（後の尚真王）を
伴って帝座に就いていた　いよいよ
王位式典が未来に向かって開かれる
聖なる儀式を国中の人々が見守っている

君手摩り百果報の神が現われたかと思うと
神々諸共に　クルッと地響きを立てて動いた
目の前には顔がない　背を向けられたのである
真っ黒な長い黒髪がたなびいている

背を向けたままで一斉に謡い始めた
少年尚真こそが王に相応しい　と
『おもろ』を高高と謡われた　これが
最高の神のお言葉としてくだされた瞬間
三代目　尚真王　の誕生である

二代目尚宣威はこのようにして　わずか
六ヶ月でひきずり下ろされた
顔は太陽であり　生まれたての太陽がない
真っ暗な　闇の中に滑り落ちてゆく
己の骨が海底深くに沈みゆくように
屈辱の極み　己の生まれた故郷は
海原の歴史の下にある

神の名の元に　一人の男が
武器のない武器で討ちのめされている
立ち上がれない　立ち上がれない
国中の人々の目の前で

尚宣威

こんなみじめな処に座らされて
国中の人の目にさらされて
裏切りは世の常　高貴な裏切りだ
こんな辛い目に遭うなんて
尚宣威の顔が真っ蒼　だいじょうぶ！
オモロは神歌　唱えをぞ　恐ろしい

君手摩りの神に背中を向けられて
国王の生命たたれ　抹殺だ
立つ瀬がないね　悔しいねぇ

深い地獄の底なし　鬱々沈みゆく
大奥の苛め一世一代の
苛めに遭ってしまったのだ

尚宣威　遠い昔になったね
伊是名島を三人で渡っている時
だんだん眠くなると小さい声で
歌を歌って　舟を漕いだねぇ
よくぞ　あの荒浪をくぐり抜けて
宜名真に着いた時　砂浜を駆け出したね

尚宣威　私が見えますか
こんなシワだらけになって

痩せて汚れた姿になったけれど
それでも二人の後を追いかけて
今は運玉森の袂に坐っているの

夜の森で犬が吠えているね
もう　疲れたので静かにする
私はこの運玉森の土になるから
尚宣威　私が見えますか
白い雲がたなびいてきたね

想い出の中

伊是名島では
家族でよく海へ行った
魚や貝　タコ　モズクなどを獲りに
カマルは小さい頃から父にしごかれて
海中へもぐり　漁がうまかった
海女のように海中を歩けるのだ
自慢じゃないけどね

ジュゴン（ザン魚）は私の友だちなの
ジュゴン語で語る人生もあるのさ

獲ってきた魚や貝をこしらえながら
この魚は誰が獲った大きいの小さいの
話が賑やかにもりあがる中で
庭先の焚き火で焼きあがるのを待つ
ホクホク頬張った　ご馳走だった

焚き火はパチパチ撥ねあがる
潮の香りがあたり一面に広がり
父さんは酒にほてり　唄いだす
きょうだいは焚き火に火照り
母さんは台所でせわしい
想いでの中でだけ　夢みる
伊是名島の明るい吾が家族

いぜなカマルの残像

いぜなカマルは朝は朝月の下を
浮かぶ糸月と共に歩いている
西原の内間御殿の周りを巡り
しっかりと足跡を残して歩いている
我じゃ邑　安室　小波津団地を通り
池田から首里へ　登り坂を歩いている
それが　いぜなカマルの美しさであり
哀しい　いぜなカマルの残像だ

車窓からよく見かけた　いぜなカマル

琉球藍染のひざ丈の衣を身にまとい
ほつれた裾をひるがえしながら
雨の日も　風の日も歩いている
炎天の中を歩いているサバ草履で
車の渋滞も何のその追い越してゆく
歩き疲れたのか　立て看板みたいに
だらり　ブロック塀にもたれて
車窓から　カメラに撮られている

いぜなカマルは運玉森の麓に住んでいる
ダンボールにビニール等があれば
すぐに宿が造れる　今の時代
町の町長と区長が宿を訪ねて

西原の　金丸アパートの三階に
住んでもらうことに決まった
移った夜はふわふわベッドに触れたり
この世のものとは思えない
幕の内弁当の旨み　胃袋が唸った
その頃　いぜなカマルは
運玉森にこころを忘れて来ていた

最近　いぜなカマルが
首里の石嶺町を歩いている
だいぶ進化した　いぜなカマルだ
リュックを背負いスニーカーを履いて
日傘を差して汗だくで歩いている

謡を唄いながら歩いているが
その謡は自動車の騒音にかき消され
かき消されても唄いながら歩いている

炊飯器がごはんを炊く時代
スーパーでの買い物は冷蔵庫の中に
洗濯機が洗濯をしてくれる
だから女は学び足りない分を
学び知ることができる
どこの街にも公民館講座があって
昔の自分の殻から抜け出したい
文化教室やシルバー大学へ通う
いぜなカマルは

首里の石嶺町を歩いている

蘇る

今年の首里城祭の
国王は　誰に決まったの
いぜなの　松金さ
過去の伊是名から
松金が現れたようにね
王妃は　誰なのさ
やはり　いぜなカマルなのよ

カマルの美しさ見飽きないね
王朝絵巻の匂いがね

首里城祭りの匂いがね
ゆるり　ゆるり　神聖なる空気の流れ
カマルは「ウチユー」に坐っている
王妃の気品に満ちた美しさ
人々がスマホやカメラにおさめている

王妃のカマルの素朴な人柄
現代びととの　ふれ合いも首里城も
沿道の人々からカメラに撮られている
笛や太鼓が鳴り響く中
みこしの「ウチユー」に乗って
国王　王妃の　古式ゆかしい優雅だね
名前は　松金よ　カマルだよ

中国の使者　冊封使も
厳かに練り歩いている
夢にまでみた王妃の誇らしさ
松金と同じにカマルの胸の内
大勢の人の流れる国際通り
王朝時代の栄華の誉れ今に
カマルと流れる国際通り

吾が人生の道しるべ

この作品たちを書き終えた後、遥か彼方の旅から戻って来たような、時差惚けの感覚に襲われた。なぜ自分が書いたのだろうか。なぜ書けたのだろうか。良くわからない、書きたい気持ちが止まらなくて、私の人生が書かせたのだろうか。

私には、今だからこの年齢になったからこそ話せる書ける過去がある。六〇余年前、母の死と共に義務教育である中学を奪われた。カバン、勉強道具、いっさいがっさい奪われた。その替わりに斧やクワカマ、籠（ティル）を持たされた。母の姉妹の命令だ。そむくことはできない。弟妹が世話になっているから。田畑や山を登り下り、山羊飼い、豚飼い、夫役に泥沼の中で働かされた。何が辛いかって？　学校帰りの同級生に会うのが死ぬ程辛い。私は人間失格だ。こんなみじめな自分を消したい、消えたい。身の縮むような恥ずかしさ、うつむいて道路の端を通り過ぎるのだった。昭和十四年生まれの私は、太古の尾びれの時代を体験させられたことになる。

美しいオモロの言葉に出会って、歴史の中に身を置くと、体の中から懐かしさが込みあがってくる。家畜と共に働かされた時代が頭にこびり付いて、その記憶から広がる昔、その体験から、カマルの世界が手に取るように理解できる。地べたを這って生きる。カマルの世界がわが身と一体化になって、わが事のようにカマルに寄り添いたい。

だからカマルの世界にすんなり入れたのだと思う。カマルは私の後頭部から入ってきて、背中を押してくれるのだ。書いている内にカマルが私に

【夫役】一家一所帯から必ず一人出す。田畑を持っていなくても労働・共同作業のために、猪垣作りの山での作業。金銭を出せば免除になる。ある文書で最近知った。

なったり、私がカマルになったりする。詩だから表現できる詩の水源へどんどん誘われて行くような、感覚で書きながら、イモづるのように色んな風景の中に入って行き、ある時は涙し、宜名真から西原へ、首里へ登り石嶺町を歩く、綺麗になった現代びとの街や道路　国際通りをパレードする。首里城祭の王朝絵巻の「ウチユー」を見あげる王妃はカマルである。王妃になったカマルに、良かったねところをかける。

私にも敗者復活の時が来た。隠していた訳ではない涙が先になって、胸が詰まり書けなかったのである。八十の峰が見える年齢のお陰で書けるようになった。四十四歳の春、中学検定試験（国語、数学、英語）を受験する。合格を得て泊高校十期生入学する。高校四年制生活を謳歌。卒業と同時に三年制短大へ推薦入学する。七年間の学生を卒業して、やっと好きな文学の道が開けた。カゴの中から飛び出した鳥の気分である。

俳句「WAの会」「天荒」同人誌、「潮流詩派」「めじの会」で詩を学びながら、あちこちの公民館講座で「おもろ」をはしご読みしていた。「おもろ」研究会にも同席させて頂いたけれど、野放図なタイプの私にはとても研究は無理だと分かり断念した。

でも、この「おもろ」を最初から読みたい、学びたい思いが頭の中でくすぶり続けていた。そんなある日、『おもろさうし』一巻一首から読む講座の募集に飛びついた。一九九六年一月十一日木曜日開講式、吾が心潤った。和裁仕立て屋のハサミと針のストレス、「おもろ」講座は私にとって、駆け込み寺のような居場所だった。「おもろ」講座、二〇年の学びから生まれた。この作品たちは、わが人生の集大成なのかもしれない。

あとがき

「おもろ」講座、講師の大城盛光先生、二十年間誠に有り難うございました。二十年を振り返れば、多くの受講生との出会いや別れが脳裏をかすめる。毎週木曜日、受講友との想い出は尽きない。すばらしい人生の出会いに感謝とお礼を申し上げます。

また、あら原稿をご多忙の中で、丁寧にお読みくださり、感謝の気持ちでいっぱいでございます。

矢口哲男先生のご紹介で、「ボーダーインク社」と巡り合わせのような出会いがございました。「ボーダーインク社」の皆様のお力添えを頂きまして、第六詩集出版の船出を致しました。

私自身、思いも寄らない、この第六詩集の誕生という、不思議なことに、今までの自分を全部さらけ出したオブラートもかけず、ちゅうちょなしで書かせて頂いたのは老人の力と言うものでしょうか。
この様な詩集ですが、貴重な時間をお使い、お読みくださる方に感謝とお礼を申しあげます。

拝

やまのは　としこ
一九三九年　沖縄県大宜味村生まれ
近畿豊岡短大家政科卒業
一九九七年『握りしめた手の中の私』金花舎
二〇〇一年『消え行く言葉たち』潮流出版社
二〇〇五年『ゆるんねんいくさば』新星出版社
二〇〇七年『藍染め』私家版
二〇一三年『ゑのち』アローブックス
所属　沖縄文化協会会員

尚円王は松金《まちがに》
妻はカマル

2016年4月28日　初版第一刷発行

著　者　やまのは　としこ
発行者　宮城正勝
発行所　(有) ボーダーインク
〒902-0076　沖縄県那覇市与儀226-3
電話 098-835-2777、FAX098-835-2840
ISBN978-4-89982-300-1
印　刷　でいご印刷